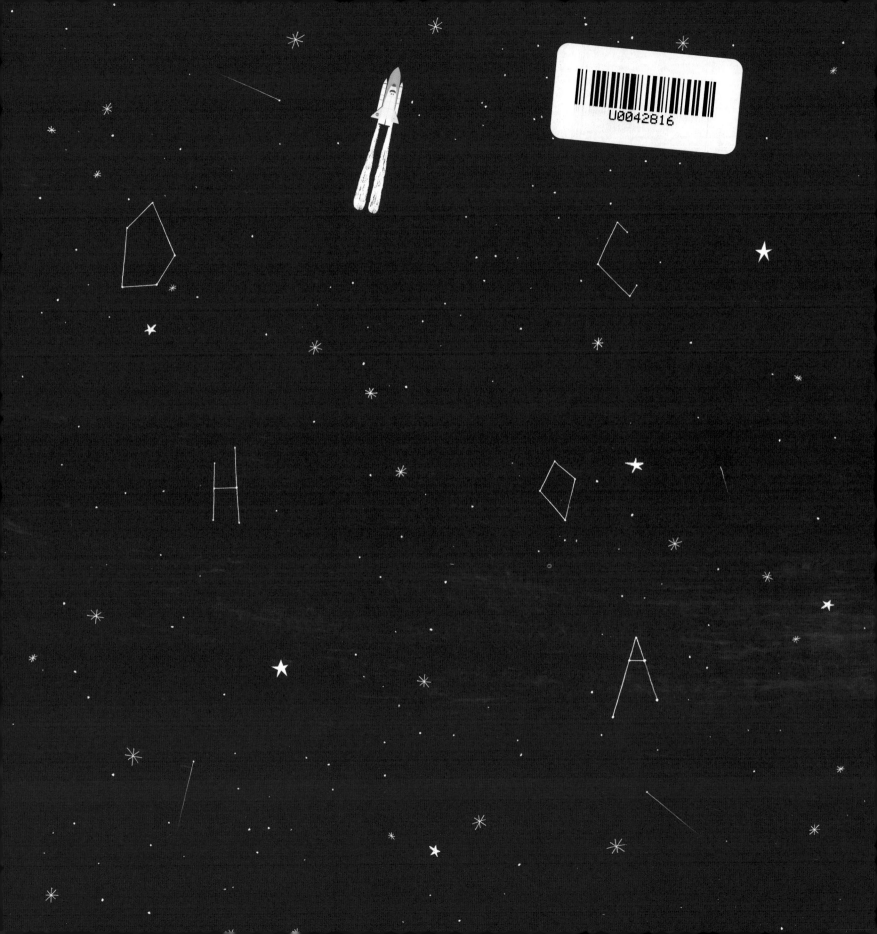

Thinking059

【不簡單女孩4】

為星星演奏的女孩

美國太空中心第一位拉丁美洲裔主任
女太空人艾倫‧歐喬亞的故事

The Astronaut With A Song For The Stars:The Story of Dr. Ellen Ochoa

作　　者：茱莉亞‧芬利‧摩斯卡 Julia Finley Mosca
繪　　者：丹尼爾‧雷利 Daniel Rieley
譯　　者：齊若蘭

字畝文化創意有限公司

社　　長：馮季眉
主　　編：許雅筑
責任編輯：李晨豪
編　　輯：戴鈺娟、陳心方、李培如
美術設計：Ancy Pi

出　　版：字畝文化／遠足文化事業股份有限公司
發　　行：遠足文化事業股份有限公司（讀書共和國出版集團）
地　　址：231 新北市新店區民權路108-2號9樓
電　　話：(02)2218-1417
傳　　真：(02)8667-1065
客服信箱：service@bookrep.com.tw
網路書店：www.bookrep.com.tw
團體訂購請洽業務部 (02) 2218-1417 分機1124

法律顧問：華洋法律事務所　蘇文生律師
印　　製：中原造像股份有限公司

獻給喬伊，我的天使城寶貝。

永遠要勇敢追夢！

——茱莉亞‧芬利‧摩斯卡

獻給父親和母親。

——丹尼爾‧雷利

定價 350 元　　2020 年 10 月　初版一刷　　　　2023 年 7 月　初版五刷

文——
茱莉亞‧芬利‧摩斯卡
Julia Finley Mosca

圖——
丹尼爾‧雷利
Daniel Rieley

譯——
齊若蘭

為星星演奏的女孩

美國太空中心第一位拉丁美洲裔主任

女太空人艾倫‧歐喬亞的故事

THE ASTRONAUT
WITH A SONG FOR THE STARS

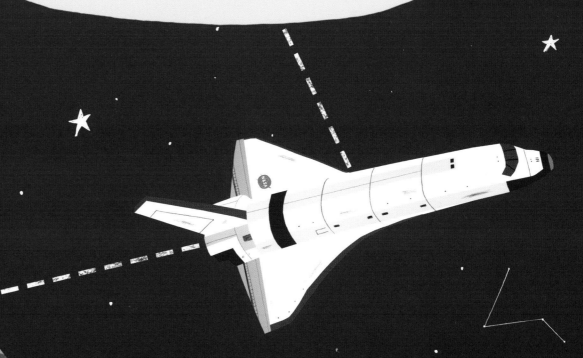

假如你有個使命，
想要追尋自己的夢想，

但過去像你這樣的人
從來不曾成功築夢，

那麼，好好聆聽
這個明星工程師的故事：

看看艾倫・歐喬亞博士
如何成為太空探險先驅！

在天使之城——美國加州洛杉磯，
命中注定的這一天，

有個小寶寶誕生在
春意盎然的五月天。

你慢慢發現，這位小艾倫
不是尋常的女孩。

沒錯，她的未來一片光明，
人生大放異彩。

身為移民第三代，
艾倫性格強悍。
她的墨西哥裔親戚
都曾吃苦受難。

父親告訴她：
「我當年上學時，
大家認為拉丁美洲裔
會弄髒游泳池……

我們可以下水游泳，
雖然聽起來很不錯，

但只有在清洗游泳池之前，
才准我們下水。」

種族歧視很傷人，
既可惡又失當。

父親學到的教訓是
一定要教孩子堅強。

規定

艾倫的母親也有同感，
她教孩子要爭氣：
「如果你想出人頭地，
一定要不斷學習。」

艾倫輕輕鬆鬆就辦到——
因為她聰明又伶俐。

什麼是她的最愛？
當然是吹奏
古典長笛音樂。

她已漸漸長大，
「我以後要當音樂家，」
艾倫心想，
「我要在交響樂團吹長笛……
對，我要當個長笛家。」

艾倫上大學了，
她開始想像太空世界……

但太空人都是男性
（而且多數是白人）。

儘管那麼不公平，
艾倫仍然打定主意。

「我可以研究
太空梭要如何設計。」
「這門學問叫工程學，」
老師跟她解釋。

「打消這個念頭吧！
這一行只適合男生。」

艾倫依然成功拿到工程學位。

然後她在電視上看到
莎莉‧萊德飛上太空。

那是美國第一位女太空人！
那一刻，艾倫知道……

「如果莎莉辦得到，
我也辦得到！」

唉！你也曉得，
人生有時荊棘處處，
艾倫通往夢想的路途
可說經歷重重險阻。

她試圖申請太空學校，
結果令她大失所望。

航太總署的精英計畫
斷然將她拒在門外！

艾倫是否堅持目標？
當然囉！她頭腦敏銳，

她學習更多火箭知識
以及如何駕駛飛機。

她發明三個系統，
利用光束威力，

讓電腦「看見」
肉眼看不見的東西。

然後，砰！時候一到，
航太總署終於注意到，
「歡迎加入！」他們宣布，
「我們很欣賞你的專注。」

太空人的訓練十分辛苦——
沒有時間多休息。

但努力終於開花結果，
艾倫登上發現號！

十ㄕˊ，

九ㄐㄧㄡˇ，

八ㄅㄚ……

倒數計時開始。
她用力穩住。

從天使城來的女孩
終於飛上青天！

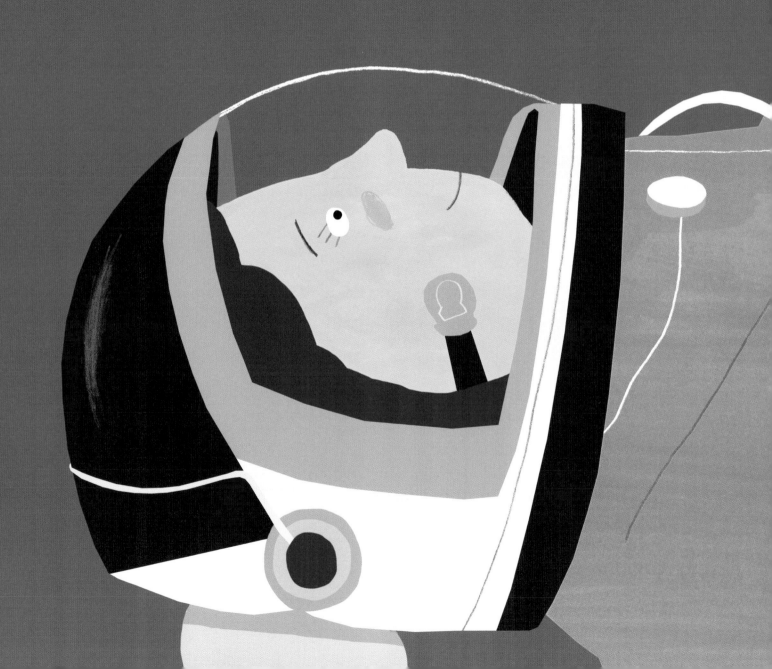

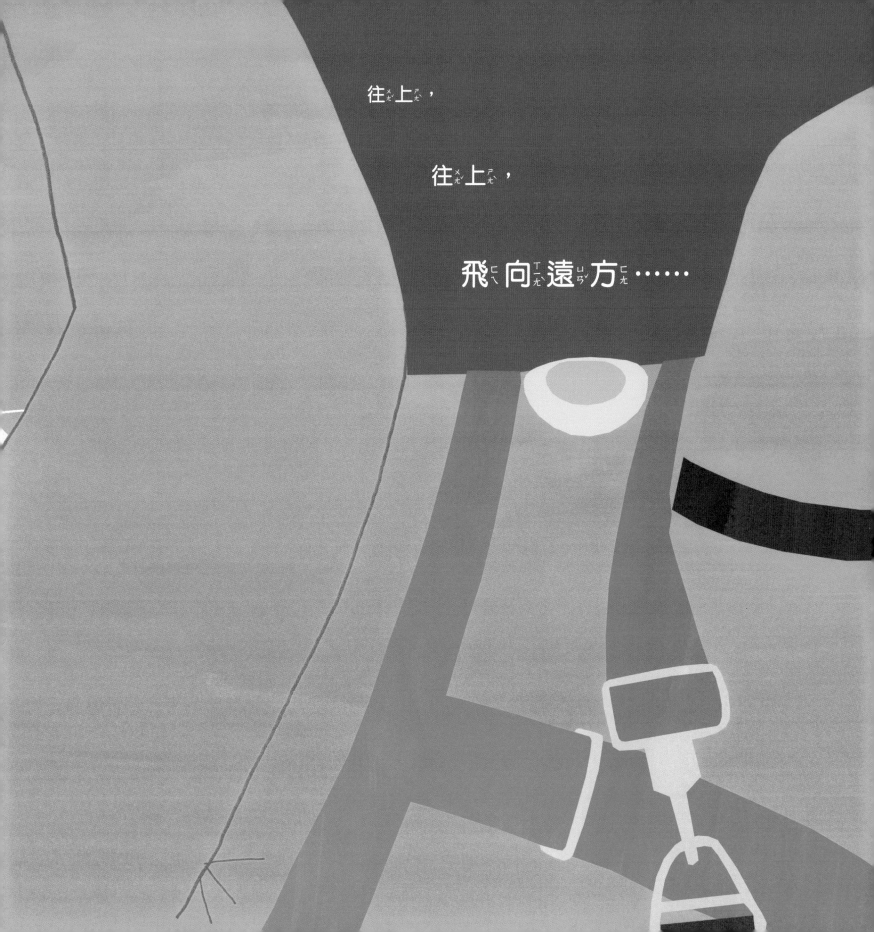

往上^{ㄕㄤˋ}，

往上^{ㄕㄤˋ}，

飛^{ㄈㄟ}向^{ㄒㄧㄤˋ}遠^{ㄩㄢˇ}方^{ㄈㄤ}……

……飛ㄈㄟ得ㄉㄜˊ愈ㄩˋ來ㄌㄞˊ愈ㄩˋ高ㄍㄠ。

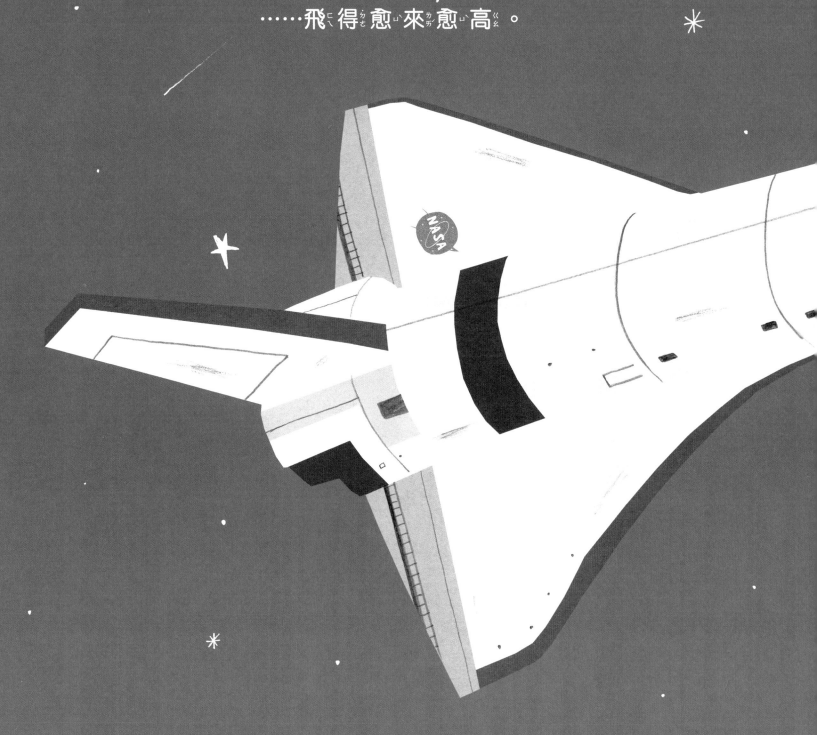

一眨眼的工夫，
他們已一飛沖天，

一圈又一圈，
環繞藍藍綠綠的地球飛行。

飛到這麼高又這麼遠，
你猜艾倫在做什麼？

她拿出長笛，
吹了起來。

但在太空裡，人會飄啊飄，
所以艾倫把雙腳固定住！
（否則每吹一次嘀嘟——嘀
噠——嘟，
她會不停轉圈圈！）

吹完長笛，
艾倫思考存在的意義——

隔著遙遠的距離，
地球看來如此渺小。

世上沒有幾人
曾經置身太空……

艾倫卻辦到了：
史上第一個飛上太空的
拉丁美洲裔女生。

如果你覺得真了不起，
沒錯，成功的果實很甜蜜。

多年辛苦努力讓她克服萬難。

由於艾倫才華出眾，
航太總署對她更加看重。

完成一次太空任務
已經成就耀眼，
但艾倫完成了
四次。

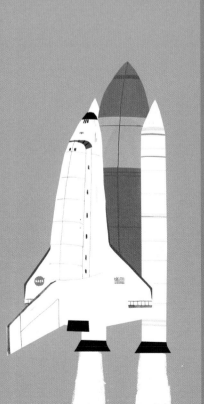

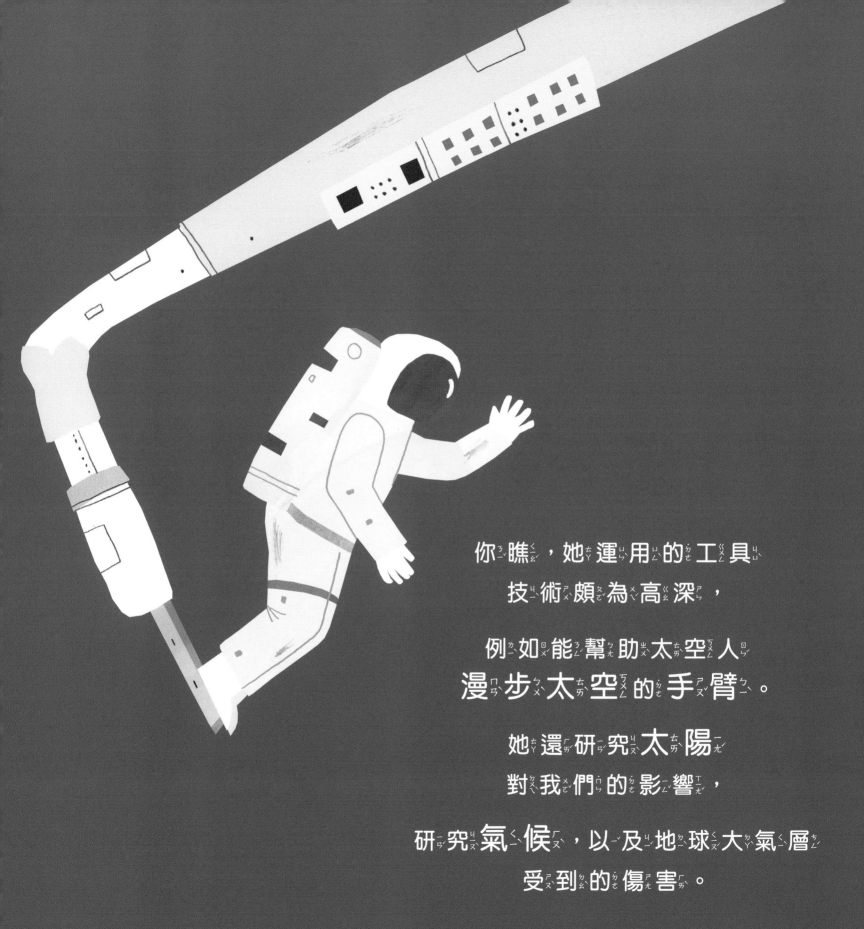

你瞧，她運用的工具技術頗為高深，

例如能幫助太空人漫步太空的手臂。

她還研究太陽對我們的影響，

研究氣候，以及地球大氣層受到的傷害。

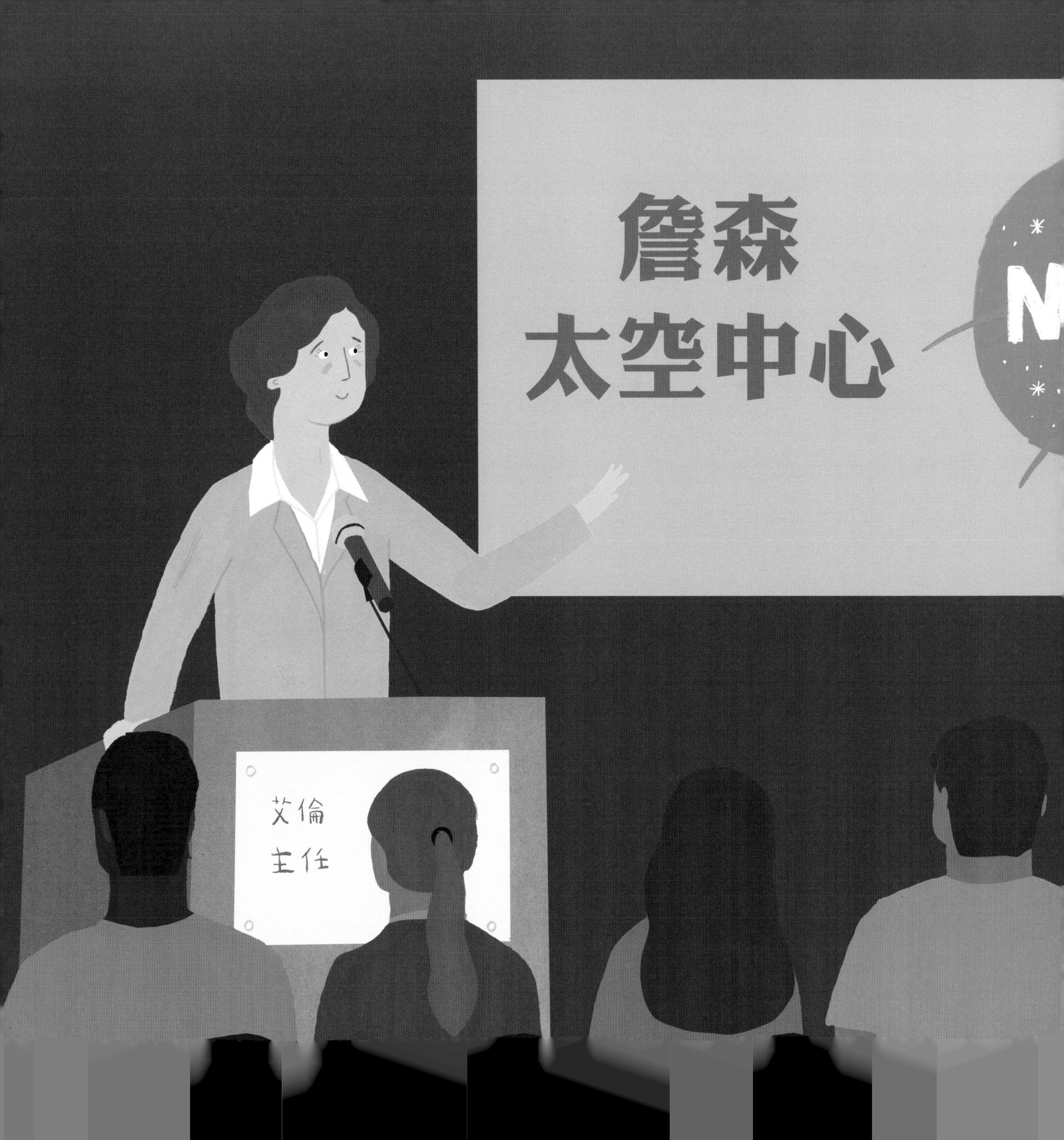
詹森
太空中心
艾倫
主任

當然囉，
這項研究讓她備受推崇，
因此詹森太空中心說：
「艾倫，來領導我們吧！」

她接受新任務，
再度締造新紀錄！

成為美國第一位
拉丁美洲裔太空中心主任。

今天，在地球上，
艾倫又有新任務——

要讓大家認識
航太總署的非凡成就。

艾倫仍繼續吹長笛，
她想告訴大眾：

「在這世界上，
科學與藝術可以並存。」

艾倫歐喬亞STEM學院

是的，艾倫的智慧和才華
（不容小看）

為她贏得各種獎章。
然而，最令她引以為傲的是

好幾所學校以她命名。
的確，這是最高榮譽。

因為，良好的教育，
正是艾倫成功的原因。

所以，
人生若碰到挫折，
不妨張大眼睛，
仰望天空。

抖掉羽翼上的灰塵，
重新站起來，振翅飛翔！

只要不屈不撓，努力求知，必有遠大前程。
要效法艾倫，抬頭挺胸，勇敢摘星追夢。

親愛的讀者：

希望你們能不屈不撓，堅持到底，做事情一步一步，腳踏實地。追求偉大的目標，有時想起來挺嚇人，但如果把大目標拆成小目標，一步步往前走，成功的可能性就會高得多。

Photo courtesy of NASA

艾倫·歐喬亞　博士

關於歐喬亞博士的有趣小故事

熱愛學習

　　談到孩提時代的榜樣，歐喬亞博士告訴本書作者：「母親對我影響最大。她很有興趣學習各種不同的東西，我想，她把好學精神傳給家裡的每一個孩子。」雖然歐喬亞的母親年輕時沒有機會上大學，她並沒有因為忙碌而放棄學業，仍設法彌補失去的時光。「年紀較長後，母親在撫養孩子之餘，每學期在大學修一門課，持續了許多年……所以，我想我們都深受她啟發。」歐喬亞博士說，「二十年後，她終於從大學畢業，只比我晚了兩年！」

追求成功

　　歐喬亞博士在一個多元的家庭長大，她常常聽到墨西哥裔的親戚談起移民在美國受到的歧視，領悟到他們會因為種族的關係而成為歧視的對象，「還記得我大吃一驚。」雖然她不記得自己曾碰過任何種族歧視，但她說，親戚的故事絕對影響了她對未來目標的規畫。「我想要努力工作，看看自己能有多大的成就，希望別人單憑我在工作上的成就來評斷我。」

探索各種可能

　　有的小孩長大時，很清楚自己想做什麼，歐喬亞博士卻不是這種人，她總是有許多不同的興趣。她說：「我十歲開始吹長笛，我小時候看很多書，還喜歡數學。」長大後，歐喬亞雖然表現優異，在高中畢業典禮上代表致詞，她仍不確定自己想主修什麼學科。「剛上大學時，我考慮主修音樂或商業，但後來我嘗試了其他幾個科目，始終拿不定主意。」她說，「我漸漸明白，數學是工具，往往被用在其他學科上。於是，我開始研究哪些學科會用到數學。」從此以後，她把學習重心放在科學上。不過，還要再過好幾年，當個太空人的想法才漸漸變得可能。

打破所有刻板印象

　　對歐喬亞博士而言，投入STEM領域發展，是自然而然的選擇，卻不見得輕易就能辦到。她還記得有個教授根本不把她當一回事。「他顯然想潑我冷水（阻止我攻讀工程學位）。教授桌上有各種設備零件，他不停拿起一些零件，然後說：『你到時候得處理這樣的東西，你真的有興趣嗎？』」正因為這樣的經驗，她在大學沒有主修工程，而主修物理。她說：「我經常意識到別人對女生的低期望，許多人不認為女生能有傑出表現。現在情況絕對有所改變，但這樣的心態並沒有消失。」不過她補充說，「不管是在研究所念書或剛出社會工作時，我確實碰過很支持我的指導教授或顧問，他們大多是男性。你必須環顧四周，找到願意支持你的人。」儘管歐喬亞認為女性和少數族裔在STEM領域仍備受忽視，「但絕對比我剛入行時好多了，已有更多女性投入這個領域，而且她們今天也坐上更高的位子。」

以新眼光看世界

　　歐喬亞博士在她成功的工作生涯中，有機會從外太空觀看世界，這是我們大多數人完全無法想像的經驗。她分享說：「真的很有趣！你俯瞰地球，看到地球是多麼美麗！」而且正如你所預期，「飄浮在空中實在太酷了，但是要完成某些工作也變得很困難。」她說，「你必須非常有條理，有方法，弄清楚怎樣才能在這很不一樣的環境下運作。」舉例來說，歐喬亞博士學到的是，如果她想吹長笛，但不想撞到周遭的設備，就得用繩子把雙腳固定在地上。單單吐氣吹長笛的力道，就足以推著她在小小太空梭裡飄來飄去。

獲得巨大榮耀

　　以歐喬亞非凡的經驗和成就，你或許認為，她一定很難明確說出自己最引以為傲的時刻。不過，當我們問到，什麼是她工作生涯中的精采片段時，她毫不猶豫的表示：「最棒的事情是，有六所學校用我的名字來命名！」她說，「以我母親對教育的重視，加上教育對我的職業生涯產生的影響，這可說是我能得到的最高榮譽了！」

　　她還認為，主持詹森太空中心帶給她莫大滿足感，因為透過這份工作，她能教育社會大眾，讓大家了解美國航太總署在做什麼。歐喬亞博士希望讓年輕人了解，科學所代表的意涵遠遠超越試管和實驗衣。「大家不要對科學、技術、工程及數學領域的工作抱著刻板印象，就會對這類工作更感興趣。我們希望大家了解，STEM其實就是在解決問題，幫助人們，以及造福人類，這才是STEM領域真正在做的事情！」

1958 艾倫·歐喬亞於1958年5月10日出生於美國加州洛杉磯市

1980 從聖地牙哥州立大學物理系畢業，代表畢業生致詞

1981 獲得史丹福大學電機工程碩士

1984-1988 成為三種光學系統的共同發明人

1991 正式完成太空人的密集訓練

1993 登上發現號太空梭，成為第一個飛上太空的拉丁美洲裔太空人

1975 從加州拉梅薩市的葛羅斯蒙高中畢業，代表畢業生致詞

1985 獲得史丹福大學電機工程博士

1990 獲選加入美國航太總署的太空人訓練計畫

1983 受美國太空人莎莉·萊德的故事鼓舞，開始探索到美國航太總署工作的可能性

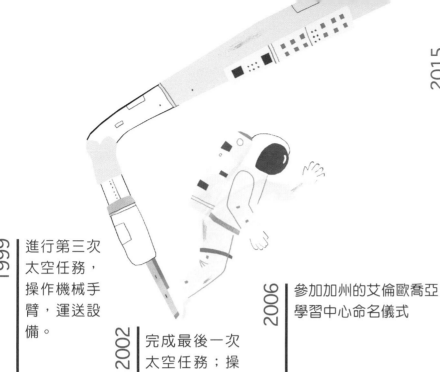

2015 獲得美國太空基金傑出服務獎

2017 獲選進入佛羅里達州的美國太空人名人堂

2018 從詹森太空中心退休

1999 進行第三次太空任務，操作機械手臂，運送設備。

2002 完成最後一次太空任務；操作機械手臂，幫助太空人進行太空漫步

2006 參加加州的艾倫歐喬亞學習中心命名儀式

1994 登上亞特蘭提斯號太空梭飛上太空，研究太陽對地球大氣層的影響

2003 獲頒美國航太總署最高榮譽：傑出服務獎章（2018年又再度獲得傑出服務獎章）

2008 獲選為首位女性年度工程師（由HENNAC西班牙裔委員會所頒發）

2012 成為休士頓詹森太空中心首位拉丁美洲裔主任

Photo courtesy of NASA

Photo courtesy of NASA

目前 定居於愛達荷州，繼續四處演講，指導後輩，服務社會

艾倫‧歐喬亞簡介

　　艾倫‧歐喬亞（Ellen Ochoa）在1958年5月10日出生於美國洛杉磯。歐喬亞是擁有多方面才華的學者和音樂家，積極探索各種機會，碰到挫折不屈不撓，終於成為備受尊崇的美國航太界超級巨星——全世界第一個拉丁美洲裔太空人和詹森太空中心首位拉丁美洲裔主任。

多元學習的童年

　　歐喬亞一歲大時，隨著父親約瑟夫和母親羅珊從洛杉磯搬到加州南部聖地牙哥縣的拉梅薩（La Mesa），所以這位著名的太空人長久以來都把聖地牙哥當成自己的家鄉。歐喬亞從父親那兒學習到拉丁美洲的傳統文化，父親的家族從墨西哥移民美國後，雖多了一些機會，卻也備受歧視。父親把過往遭遇講給孩子聽（例如拉丁美洲裔孩子只能在清洗游泳池的前一天下水游泳），歐喬亞和兄弟聽了之後，更下定決心要贏得別人的尊敬。排行第三的歐喬亞熱愛吹奏古典長笛，母親一向支持她的興趣，鼓勵孩子廣泛研習各種學科。母親認為好的教育是通往成功的入場券，能讓你的人生妙趣橫生。

Photo courtesy of Ellen Ochoa

研究光學，取得第一個專利

　　就讀聖地牙哥州立大學大一時，歐喬亞選擇主修物理，因為研讀這門科學能充分發揮她對數學的興趣和能力。接著她到史丹福大學就讀研究所，1981年拿到電機工程的碩士，1985年獲得博士學位。就讀研究所期間，歐喬亞投入光學研究——光學研究的是光的行為與特性，為物理學的分支。她做的某些研究帶來長遠影響，例如她曾協力開發出利用光科技來檢查物件並找出瑕疵的方法。這項發明在1987年取得專利。歐喬亞在創新和研究之餘，是知名的史丹福交響樂團成員，甚至還獲得學生獨奏家獎。她在史丹福念書時，即很注意航太總署的動態。1983年的太空計畫將第一位美國女太空人莎莉‧萊德（Sally Ride）送上太空，歐喬亞深受鼓舞。

落選太空計畫，卻開發兩種新裝置

　　1985年歐喬亞開始在政府研究單位桑迪亞國家實驗室（Sandia National Laboratory）工作。兩年後的春天，歐喬亞進入航太總署的面試名單。不幸的是，她落選了，無法參加太空計畫。她決心日後再捲土重來，先把心力放在研究中心的工作上。她協助開發出兩種光學新發明，分別在1989年和1990年取得專利。其中一種裝置可以利用光科技來找出特定區域或某個物件的位置，無論其大小或方位。另外一項專利是可降低影像雜訊的系統。她也考取了機師執照。1988年，歐喬亞成為航太總署智慧系統技術部門的負責

人，領導一群科學家開發用於太空探索的光學系統。

創造太空探險的新紀錄

1990年，歐喬亞和其他二十二人從兩千名候選人中脫穎而出，獲選加入美國航太總署的太空人培訓計畫。她在同年報到，展開訓練，並在1993年創造歷史，登上發現號太空梭，成為全球史上第一位拉丁美洲裔太空人。歐喬亞在美國航太總署擔任太空人期間，完成了四次太空任務，待在太空超過978小時。她第一次太空任務（1993年4月8-17日）的主要目標是進一步了解太陽及人類活動對地球大氣層的影響。第二次太空任務是登上亞特蘭提斯號太空梭（1994年11月3-14日）接續先前的研究。第三次飛上太空（1999年5月27日-6月6日），她再度登上發現號，和其他太空人一起執行首度停泊國際太空站的任務。歐喬亞利用遠端操控系統的機器人手臂運送物資，為第一位在太空站生活的太空人作準備。她的第四次、也是最後一次太空任務（2002年4月8-19日）是搭乘亞特蘭提斯號回到國際太空站，操作新的太空站機械手臂，幫助太空人在太空站周邊太空漫步，這也是史無前例的創舉。

備受尊崇，獲得無數榮耀

2012年，歐喬亞成為德州休士頓市詹森太空中心的主任，督導國際太空站的太空人訓練及各種太空任務，成為第一位獲此殊榮的拉丁美洲裔女性科學家。歐喬亞在出色的職業生涯中，曾獲得無數獎項和榮譽，美國航太總署頒給她的獎項包括：NASA最高榮譽的傑出服務獎章、卓越服務獎章、傑出領導獎章、及四個太空飛行獎章。她獲得其他重要榮譽包括：哈佛基金會科學獎、航太領域女性傑出成就獎、西班牙裔文化傳統領導獎、美國太空基金傑出服務獎。她在1995年獲選為聖地牙哥州立大學年度傑出校友。她也入選加州名人堂和佛羅里達州備受尊崇的太空人名人堂。不過，歐喬亞心目中最大的榮耀，是美國有六所學校以她的名字命名。

成為時代新典範

2018年5月10日，六十歲的歐喬亞從詹森太空中心退休，和丈夫及兩個孩子住在愛達荷州。她繼續積極發聲，運用自己的經驗，教育大眾太空知識。她希望有更多年輕人（尤其是女性和少數族裔）投入STEM領域，並能表現卓越。而且，她仍然找時間吹長笛！這位著名的太空人，拒絕讓別人的負面思考或過低的期望阻礙她摘星追夢。為了達到目標，她不惜一試再試，或走一條不同的路。正是這種堅定不移的決心和積極正面的人生觀，讓艾倫·歐喬亞博士成為令人讚嘆的科學家和時代典範。

致謝辭

本書的出版社、作者及繪者都萬分感謝艾倫·歐喬亞博士
願意在本書創作過程中,與作者詳談,並慷慨提供私人照
片及許多有益的意見。

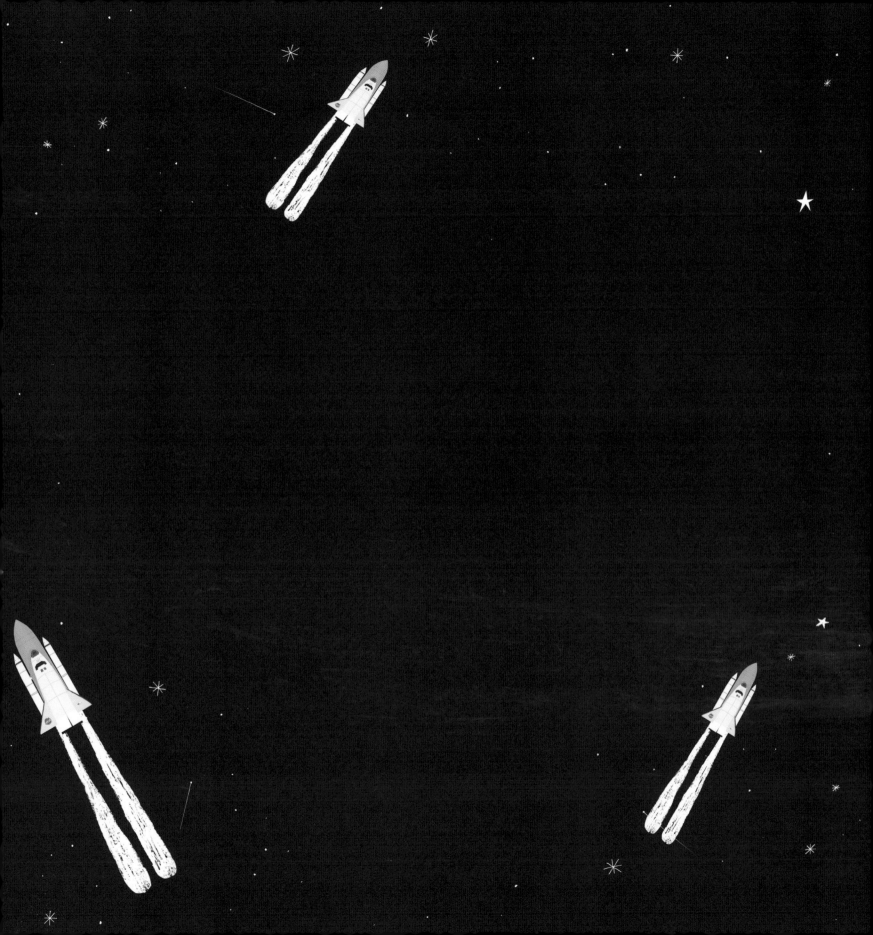